東京四季出版

齋藤愼爾

陸沈《りくちん》

陸沈――目次

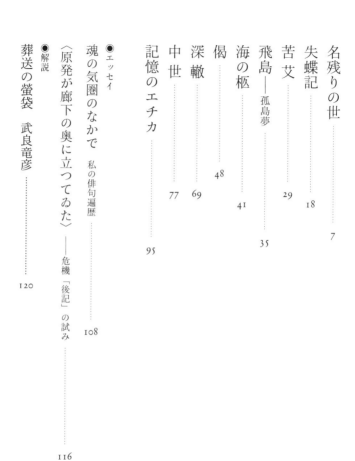

装画
加納光於
「胸壁にてⅤ」
（1979年）

装丁
髙林昭太

陸沈

りくちん

齋藤慎爾

孔子は陸沈といふ面白い言葉を使つて説いてゐる。世間に捨てられるのも、世間を捨てるのも易しい事だ。世間に迎合するのも水に自然と沈むやうなものでもつと易しいが、一番困難で、一番積極的な生き方は、世間の真中に、つまり水無きところに沈む事だ、と考えた。

（小林秀雄「還暦」）

名残りの世

——きてみればわが故郷は荒れにけり庭のまがきも落葉のみして（良寛）

枯木宿月光微に入り細に入り

敗荷を見てをり戦後さながらに

夭折に憧れ芒かんざしす

眼路の果て水と氷の墓一基

末黒野に天降《あも》りし瓦礫涅槃像

髪白みゆく白梅の虚空蔵

春満月面に毛毬撞きし跡

末の世のかなしき生絹《すずし》裁ちて母

生絹着て母縒りあはす縊り縄

涅槃図を彷徨ひゐしが眠りが来

血をうすく眠るや吾れの涅槃変

夢のごとちちはは花の影を踏む

仰向けに雛と流るる虚空かな

放下して螢袋の中にゐる

浄土ともつかず水仙相搏ちて

化粧して螢袋で死に支度

記紀の山青し佛の座より見て

病葉を涙とおもふ齢かな

棺に蹤き滂沱と露の無辺行く

斧始めどの人柱から始めよう

鳥引きてわが身を杭と思ひけり

失蝶記

——汝がひさしく深淵を見入るとき、深淵もまた汝を見入るのである。（ニーチェ）

夢の世に羽子の白妙とこしなへ

萍の生えそめ魔界入り難し

月光の妙にも白き雛の前

夢に入り雛あとかたも無くなりし

露けしや睡りと祈りを死に喩へ

藤垂れて他界に畢竟吾は居らず

少年の過失始まる夜の花粉

身に入みて塔婆と原子炉指呼の間

山川草木悉皆瓦礫佛の座

蝶消えて一隅昏き夢の界

しんしんと五臓滅びる更衣

昏かりき芒てふ字のなかの亡

天瓜粉まみれで産道出でにけり

白妙の産衣は朧への橋懸り

隠れんぼ螢袋に今もなほ

霞むにはなぜか魂が暗すぎる

彼岸まで往くにあめんぼの脚が欲し

まひまひの舞ふ中心に父母ゐます

寝釈迦いま父母と山河を隔てたる

冬雲雀ひとり聴くさへ心の喪

枯山から葬の手順を指図せり

苦艾

——燃ゆる大いなる星、天より隕ちきたり、（中略）この星の名を苦艾といふ。（ロシア語ではチェルノブイリ〈chernobyl〉、「ヨハネの黙示録」）

狐火の失せたる無明長夜かな

木菟死して西空に星無尽蔵

初蝶の吐息を嗚咽と聴きすます

旅に病み螢袋に寝まるなり

黄泉の世に来てまで打水するなんて

螢火を鞠のごと撞き虚子夫人

天心に木片の泛く雁供養

山霞み谺は己を忘じをり

未生以前の父への供物苦艾《にがよもぎ》

来世には新約となれ座禅草

飛島――孤島夢

――人は島 ile のなかで、「孤立 isole」する（それが島の語源 isola ではないか）。一つの島は、いわばひとりの「孤独」人間。島々は、いわば「孤独の」人々である。（グルニエ『孤島』井上究一郎訳）

遠つ世の卯波に杭の身青々と

孤島夢や螢袋で今も待つ

海霞吸ひつつ他界をくぐり来し

蟬の穴千年ののち墓一基

たはやすく身一つを移す雁列に

再びは逢へぬ鵯の目の荒らき
白芭瓦礫にまたも戻る吾れ

蜃気楼海図のいづこを流謫せむ

冬鷗還相てふ思惟と差し違ふ

たましひの繭となるまで断崖《きりぎし》に

海の柩

更衣隕石荒ぶ星に棲み

秋暁の夢に剃刀研ぎ過ぎる

山越えの額に荒星礫《つぶて》打ち

まつろはぬこころを杭に冬構へ

枯深き光りゆきかふ毛糸編み

はらからの笑ひに霞む家羨し
白木蓮海の底ひにあるおもひ

羅を着て現し身のうすかげり
わくら葉の紅みな身に籠る晩年ぞ

白梅をセシウムの魔が擦過せり

流速の日日きはまりし日向ぼこ

あらたまの鏡の芯に母の影

暗く疾し昔見えくる雁渡し

偈

まぼろしの国を流転し水車

美しき偈《げ》を聞かせてや手毬唄

少年の魂奪はむと草雲雀

箒草身ほとりいつしか道消えて
死螢の喪は螢袋にて服す

野に遊び雲雀と同床異夢ならず

鳰潜ぐたましひ覗き込むやうに

白芒天の鳴弦かすかにも
涙一滴逢魔が辻の金魚売り

生家なり月光の鶏頭杭のごと

蓬摘み木下闇にゐるやうな

一遍のこころに拾ふ落し文
歎異抄混沌として明け易き

蕊一つひとつに涙痕曼珠沙華

万緑のなかにこぼちて籾微塵

落鮎に川の青淵よみがへる

鳥雲に入る未踏の野を過ぎて

下萌や一塵として山揺らぐ

寒木を攀《よ》づるや茸になりきつて

真向へる身ぬちの虚空に蝶一つ

乱丁のある過去暗き蟬の穴

われ思ふゆゑ螢袋の中にあり

夢の世の涼しき花野出つ入りつ

曳白のひかりひとすぢ椿落つ

父母死後の拈華微笑の龍の玉

紅梅に入りゆき人の世彼岸とす

晩年や身ぬちに螢火また鬼火

一柱に己が身舫《もや》ひ冬籠

白れんに母化佛《けぶつ》のごとく在り

十三夜遊び遊びて飢ゑきはむ

腥《なまぐさ》き魂一個春の山

道をしへ幾たび飢ゑなば旅果てむ

枯峠越ゆ腥き息吐きて

うつし身を命もぬけし盆の道

空海の日の暈《かさ》良寛の月の暈

古希といふ齢重ねて霞みけり

混沌のきはみの露の嬰生まる

涅槃図に見入り天と地のあはひ

秋風や月光の底なる蟻地獄

篳篥《ひちりき》に一蝶激つ記紀の山

深轍

暁の夢に入り来し深轍

後は知らず茅の輪くぐりし鶴の頸

虹の根に触れたく逃げ水追つてゆく

螢狩る遊びは螢に教へらる

海の底ひ雛壇傾ぐ紅く青く

蚊帳のなか転生の螢汝か吾れか

世に関わり目を濁らせる秋の暮

骨洗ふ音する未明の浅茅原

われもかうあらねば断念の吾亦紅

人柱に似たる篝木は抱きとめん

日に夜に苦海を流謫白絣

花野燦燦行く佛界入り易く
芒野陰陰出づ魔界入り難く

末の世のかなしき冬の比叡呼ぶ

露無辺ひとに遠流に似た訣れ

中世

混沌の滴りとして身の幽か

不治を病む一螢火に火傷して

世に隠れをれば白露大いなる

まなかひに卒塔婆傾ぐ蕨狩

百日紅なぜか佛間が昏すぎる

鄙に住み鵙の贄となるもよし

中世の星の朧に棺一基

天地開闢《かいびやく》萍の生ひそむる

死を化粧して白芒白芒

混沌のいのちを重ね更衣

空病みて空蟬の念力弛《ゆる》みしよ

螢袋カフカ入りてもがらんだう

隠れ生く天降りし病葉たぐり寄せ

差引きの合ひ露の世に生まる
遊びをせんと生まれ芒かんざしす

母が歌ひ既に他界の薺唄《なづなうた》

雛の間の月の雫は花のごと

涅槃空泛かびてをりぬ飯茶碗

天地のあはひにおはす生身魂

化野に箒木剪らむと身を入るる

汝と我非在となりて雲に鳥

篝草宿世けむりのごとく消ゆ

衣擦れの音曳きてをり夜の芒

霞吸ひヨブの受難を黙示とす

空谷に旧約となる座禅草

新盆の死者ににこと門火焚く

父母の世のむかしが見ゆる螢宿

道行二人螢袋を発ちてより

枯蔓の肋ごときをたぐり寄す

現し世の流離はじまる手毬唄

木の芽山粒立つ星の無尽蔵

雲裏に病める日輪死人花

扶桑花が鬼火に見ゆる螢の喪

血漿の椿と戯れ座敷わらし

記憶のエチカ

——恐ろしいことを考え続けることが必要なのだ。
（ハンナ・アーレント）

人の訃を率きゐて鳰潜ぐなり

夢のごと青淵くぐり雛舟

春障子父母光陰のごと存す

かりそめの世を観音とゐて朧

敗戦日少年にいまも蕨闌け

残る生《よ》の影淡くして盆の道

白南風や生くるに一筋の葦摑み

病める世に生絹のごとき自裁あり

秋彼岸母は天女とおままごと

曼珠沙華密教の地のまくれなゐ

臥して見る遠き世のいろ苦艾

寂寞と現し身の洞《うろ》悴めり

露無限対ひて佛遠くなる

冀《こ》ふとせば月光激つ縁側を

隠国《こもりく》や木々を月光のぼり継ぐ

明易し幽世《かくりよ》の母の夢を継ぎ

同行のひとりは花野の洞《うろ》の中

常世のぶらつくほうる晩稲刈

面影一つ生まれ一つ消《け》ぬ雁の声

天一物も与ふことなき枯木空

月に暈影絵のごとき花野かな

梟に未生以前の山河見ゆ

数へ日のけふ一日を遙かにす

〈危機の時代〉　柿本多映さんへ

汝が俳句「希・祈・貴・喜・輝・稀・器」初紅葉

我が廃句「危・毀・飢・棄・忌・綺・戯」死人花

魂の気圏のなかで

私の俳句遍歴

日常の瑣事にあくせくしているとき、無意識裡に口の中でつぶやいている句がある。

冬鷗なぜか河口が狭すぎる
崖下のオルガン低音を雁わたる
ひぐらしの声して夏も終わりかな

作者の名は覚えていない。高校生のころ、受験雑誌の「高校コース」だか「高校時代」の読者投稿欄で目に留めたものである。表記がこうであったかどうかも自信がないが、今にして忘れ得ないのだから、受けたときの印象の強烈さが偲ばれるのだ。「冬鷗」の句など、絶唱といえないか。この句に生の危機、切ないばかりの昂揚を覚え、口ずさむうちに瞼の奥が熱くなる。「崖下」の句からは、深まっていく秋の気配の中に、ひっそりと埋没しているかのような佇まいをみせる崖下の貧しい分校が眼裏に思い浮かぶ。紺絣の子どもたちと音楽学校を出て帰郷したばかりの女教師。ふだん悪巫山戯《ふざけ》ばかりして先生を困らせている子どもたちが、いま先生の弾くオルガンに合わせて、無心に斉唱している。みんなの魂がひとつに融けあっている。そのことを女教師は子どもたちの声の調子で感じとっている。そんな情景に別れを告げるように雁の列が渡っていく。厳しい冬の訪れも近い……。その予感が子どもたちを、ふいに人生への自覚へとうながしめる。歌われている歌は、『風』ではなかったか。「赤い鳥」誌を飾ったロセッティ作詞、西条八十訳の童謡。「誰が風を見たでせう？／僕もあなたも見やしない／けれど木の葉をふるはせて／風は通りぬけてゆく」。

私の貧しかった少年時代、その魂の揺籃期の原風景を歌で示すと、『風』だ。風は異界から、生の深所から、吹ききて、私たちに何かを告知する。木の葉のようにふるえていたあの日の〈私〉は何処に行った？——これは原風景というより幻風景というべきものだ。いまの私の描ける精一杯の幻想である。このように自分を想わせなくては一日も生きていけない現実があった。中学時代までを過ごした日本海の孤島はそんな楽園ではなかった。満州から出戻った〈抜け人〉一家に対する島民の仕打ちは残酷であった。島を見捨てた付けには〈余所者〉〈アカ〉

のふだが貼られ、村八分と苛めの日々が日常となった。代用教師は島民だったから、子ども間の私刑にも率先垂範を躊躇うことはなかった。

「この束の間の楽園は飛島の仮の姿で、冬になるとその本来の姿、地獄の姿をあらはします。つまり冬の間この島は、荒い波と吹雪に閉ざされて、船も通へない、文字通りの絶海の孤島となり、出ることも入ることもできない地獄となるのです。ここでは自然が人間を閉ぢこめて地獄をつくります。地獄のもう一つの形は他者がつくる地獄で、こちらは多かれ少なかれ私たちの身近にもあるものですが、齋藤氏が少年期を過ごした孤島は、私たちの想像を絶した第一級の地獄だつたのではないかと思はれます」

（「地獄の一形式としての俳句」倉橋由美子）

高校進学のために二回目の「島抜け」を敢行したのは昭和三十年、十六歳の時である。二十七噸《トン》の木造船で島を離れる時、胸裡で反芻していたのは、〈男児ひとたび志を立てて郷関を出づ、学もし成らずんば死すとも帰らず。骨を埋むる豈《あに》墳墓の地のみならんや、人間到るところ青山あり〉の章句であった。

高校の国語の授業での、或る日の課題が俳句創作。いわば強制的に作らされたところ、同校の秋澤猛教諭を紹介され、気付いた時はこの詩形式に淫してしまうことになる。教諭は「天狼」会友で「氷海」の同人であった。「氷海」に投句する傍ら、水原秋櫻子や中村草田男が選者をしていた「高校コース」「高校時代」に投稿し、幾度か入選しては有頂天になった。俳句は「悲しい玩具」などではなく「愉しい玩具」だった。詩、短歌、俳句、文章欄に投稿された高校生の作品のレベルは高く、忘れることの出来ない何人かがいる。文章で大木惇夫を毎月、驚嘆せしめたM君はいま何処で何をしているのだろう。

凍港の中央碧き潮動く（水原秋櫻子選）
明らかに凧の糸のみ暮れ残る（中村草田男選）

当時の私の入選句の一端である。「氷海」（秋元不死男主宰、妹は劇作家秋元松代）には〈不死男山脈〉とでも称すべき異才が集まっていた。寺山修司、鷹羽狩行、上田五千石、宗田安正、松村禎三、中尾寿美子、清水径子、小宮山遠、本多木賊、本宮鼎三、辻田克巳、堀井春一郎、三田きえ子、伊藤トキノらである。詩人吉岡実は「俳句結社のなかでは『氷海』は随一」と折り紙をつけてくれたが、私自身、後に半世紀に亘る俳句関係の編集人を務めたが、この結社を最も評価している。不死男没後、鷹羽狩行編集長で整理がされ、廃刊（昭和五十三年九月）になったが、その輝かしい歴史は現代俳句史の一エポックとして光芒を放っていると思う。鷹羽狩行、上田五千石、堀井春一郎の三氏に私は最も傾倒していた。余り（殆ど？）知られていない堀井春一郎について語っておこう。昭和二年二月十九日、東京麻布の教育界の名家に四人兄弟の長男として生まれた。弟の泰明は東宝の著名な演出家（冨士眞奈美さんと親交あり）。慶應義塾大学文学部哲学科卒業。慶大助教授を約束された身でありながら、山口誓子への傾倒止みがたく、二十五年、誓子が療養していた三重県尾鷲へ行き、土地の高校教師を務めた。長子に誓子の本名、新比古にあやかり、春比古と名付け、尾鷲時代に〈地の果に誓子狂あり蟹とゐて〉の句がある。

「鷹羽狩行と私は年齢的には私が三つ四つ上であるが、天狼投句に関しては彼が先輩であり、逆に天狼賞受賞では、私の方が三年早かったが、天狼の優等生としては、彼に一日の長があり、共に山口誓子に傾倒して同門のいわば兄弟弟子とも言うべき、切っても切れぬ縁に結ばれてきたのである」（「俳句研究」昭和四十一年一月号）

堀井春一郎と鷹羽狩行氏の第一句集には、どちらも誓子の序文がある。堀井の『教師』（昭和三十三年刊）の序文は力が籠もっている。〈野に赫《あか》らむ冬雲誰の晩年ぞ〉を引き、「堀井氏はこの作品で私を卒業した。私から学ぶことを終った」と書いている。堀井は三十歳になったばかりだった（茂吉が第一歌集『赤光』を出した齢だ）。国文学界一代の碩学小西甚一が、「昭和俳人のなかで確実に幾百年後の俳句史に残ると、いまから断言できるのは誓子一人である」（『俳句の世界』昭和二十七年、研究社刊）とまで畏怖された巨星誓子をしてかく言わしめた俳人は、後にも先にも堀井以外にいない。

昭和三十三年、堀井が『教師』を出版した年の冬、休暇を利用して上京、初めて対面している。十二歳の年長だが、遥かに早熟、不羈奔放に生きていることに圧倒されたものである。教師の旦暮を凝視し、「教師俳句」を「教師の連禱」にまで高めたと称賛された句集の巻頭には、〈冬海へ石蹴り落し死なず帰る〉〈我が家と呼ぶ冷たき壁の中に住み〉がある。底冷えのする人生を鋭く研断する孤独な詩人の眼。弱冠二十歳にして、こういう句を詠むところにその異才ぶりは察知されよう。『教師』に関しては平畑静塔、佐藤鬼房、石田波郷、横山白虹、楠本憲吉、塚本邦雄らの名文がある。堀井は卓越した散文家でもあり、「俳句研究」での時評を寺山修司と交互に執筆したりもした。佐藤春夫、中井英夫、曽野綾子、吉岡実、春日井建、五木寛之らからも一目置かれていた。

塚本邦雄は『百句燦燦』で、〈山百合や母には薄暮父に夜〉〈蓬香《よもぎか》を嗅ぐ刹那さへひとの妻〉を引き、「現代俳句には稀なるものの一つであらう」と讃えている。私は堀井の生前、最後の句集『曳白』を出版した。藤田湘子監修の「花神コレクション」の『堀井春一郎句集』は藤田の急逝で中断された。『曳白』の、俳句が現代の詩たりうる極北の姿を味読してほしい。

石をパンに代へむ枯野の鍬火花
少年の壺中にぐみの実と涙

背徳と転落の翳りを刻み、「情痴俳句」と褒貶半ばした第二句集『修羅』の珠玉。

女陰《ほと》の中に男ほろびて入りゆけり
天涯や女に陰《ほと》の毛を与へ
同棲や秋暁男のみ覚めて
泪なめて虹からかりし少年期
女と落葉踏みゆくここで笑はねば
おびえ鳩この秋晴の深山にて
冬鳩の老けごゑ宝石筥《ばこ》からつぽ
父の意志夏こそ光れ杉・陰毛《ほとけ》

堀井が逝去したとき、三橋敏雄は三鬼や家族の誰やらが死んだ時も泣かなかったのに、初めて号泣した。真に開板される俳句史に堀井が銘記されることは疑いない。

つばめらと夕空ばかりグッドバイバイ

（「俳壇」二〇一五年五月号）

〈原発が廊下の奥に立つてゐた〉
――危機「後記」の試み

「貘さん」と呼ばれた詩人の山之口貘氏に「一枚の詩を書くのに百枚もの原稿用紙を費やす」という伝説がある。「ぱあではないかとぼくのことを／こともあろうに精神科の／著名なある医学博士が言ったとか／たった一篇ぐらいの詩をつくるのに／一〇〇枚二〇〇枚だのと／原稿用紙を屑にして積み重ねる詩人なのでは／ぱあではないかと言ったとか」（「ひそかな対決」）という詩に由来があるらしい。近現代詩史に聳立する大詩人の例に続けて書くのも無知というか不遜になることと思うが、殆ど無名に近い自称俳人（廃人）の私にもそれに類する噂があるようなのだ。有住洋子氏は「齋藤愼爾はめったに即吟はしない。一句のために最低でも三日をかけるという」（「白い部屋」第十号）。氏は「無限なる詩を求めて有限の時間をかける」と好意的付言もされている。何処かでそんなことを口走ったのかも知れない。「一句に三日」は誇張で、そんな短期間には作れない。それに「一句に三日」でも件の医学博士は「ぱあ」「廃人ではないか」と言われるだろう。暗に「それでいて、その程度のハイクかい」の憐憫を籠めて。たしかに時間をかければいいというものでもあるまい。長崎は九日、被爆から七十一年の原爆の日を迎え、被爆者代表は、オバマ米大統領が五月の広島訪問で「空から死が落ちてきた」と追悼したことに触れ、「空から死が落ちてきたのではない。死は米国が落としたのだ」と憤りをぶつけた。七十一年という歳月に亘る悲傷、痛憤、服喪を理解した上で、私は思う。七十一年間でたとえば七分間でもこの代表は〈権力〉に対して憤怒をぶつけたことがあっただろうかと。核を、核の傘を支えているのは貴方や私たちではないのか。被団協（日本原水爆被害者団体協議会）は結成六十年の期間、社会主義国の核実験をめぐって、共産党系と旧社会党系が対立し、分裂。敗戦直前の東京大空襲以後の焼夷弾による本土空襲で全国三十一市の市街地の七〇％が焼失、非戦闘員の死者は四〇万人〜六〇万人。この戦略爆撃、原爆投下にも関わった米指揮官カーチス・ルメイに対し、日本政府は昭和三十九年十二月、勲一等旭日大綬章を与えた。多くの記録ですでに明らかだが、以下、村瀬学『鶴見俊輔』を参照に叙す。アメリカは悪魔的な判断で一般市民の住む町に原子爆弾を投下したが、その建国の歴史は、黒人奴隷やインディアンの迫害の上に成り立つ。『アメリカ独立宣言』の起草者トーマス・ジェファーソンは、ヴァージニアの黒人奴隷主でもあった。「日本は世界に先がけて原爆の被害に遭った」というが、アメリカは原爆を実用化させるために、十五を超える州で核兵器製造施設を作り、国内の砂漠で地上の核実験を行なってきた。その陰に目的を知らされず実験に従事した労働者、兵士たちを大量に被爆させてきた。日本に原爆を投下する前に、アメリカ自身が、アメリカ人の被爆者を大量に出していた。戦後は太平洋の島々での実験を含めると千回近くの核実験を行ない、近隣の住民に放射能の被害を与えている。イギリスがオーストラリアで行なった核実験では原住民のアボリジニが被爆しているし、フランスのポリネシア領やサハラ砂漠で行なった二百回以上の核実験でも同様だ。旧ソビエトの国内の核実験は七百回を超えるもので、閉鎖されたカザフスタンのセミパラチンクス核実験の放射能汚染は深刻な状態で残されている。中国もインドも、パキスタンも、地域の住民や実験に携わった関係者が被爆からまぬがれているわけではない。「被爆」といえば「原子爆弾」によるもののようにしかみられてこなかったこと、日本だけが「被爆国」という思い込みを捨てるべきではないか。最近のニュース（八月十六日）、米ワシントン・ポスト紙は十五日、オバマ政権が検討している核兵器の先制不使用政策について、安倍晋三首相がハリス米太平洋軍司令官に反対の意向を伝えたと報じている。誰か反対しますか。貘さんには「僕ですか？　これはまことに自惚れるようですが、びんぼうなのであります」という一行もある。私も負けてはいない。電車などに乗っていると、もう長年の習慣だが、ランドセルを背負った小学生や学生、青年、中年、壮年、杖ひく老人と混雑するこの車両で、俺が最も貧しいんじゃないかと考える。なぜ、この年齢になっても、懲りずにそんなことを考えるのか。恐れるのは貧すれば鈍することだ。三日、四日とかけても詩想が湧かない。俳句をはじめた十六歳時、「結婚し、子の親にならなければ、人生を七割がた理解することは出来ない」という透谷だか芥川の言葉に震撼したことがある。人生がわからないなら、文学をやっても意味がない。名句が出来る可能性だけのために結婚してもいいと考えた。高校時代から、俳句でも「晩年や」と詠んだ。男児在り、十六にして心すでに朽つ、だ。ここで近況と心境を一つ、二つ。貧困とは直接の関係はないが、三十年来、睡眠は三時間、食事は一日に一食という生活を過ごしている。幼な児が無心にものを食べている姿は胸を打つが、自分が食べることは恥ずかしい。俳壇のパーティで、私が飲んだり食べたりしているのを見た人は殆どいないはずだ。夕刻の一時間が、唯一の安息の刻。グラスでビールを一杯、日本酒一合、焼酎が二杯、肴を少々。酒豪と誤伝されるが、それが真実ならば今頃、アル中になっている。酒がなければ困るという体質でもない。厄介なことは貧しても味覚は鈍しないことだ。一生直らないのは見栄っ張りの性格。鮨屋では「コレステロール値が高いから、中トロやウニは医者に禁じられている」と言い訳をして、鰯や鯖で我慢している。唯一の安息の刻をふた昔も前、作家の丸山健二氏に批判されたことがある。氏は「酒を呑むことは悪である。身体にも精神にもよくない。そんなことで時間を費やすのは無駄だ」というような箴言を述べる。パスカルの「人間の不幸は、ただ一つのこと、一つの部屋に落ち着いてじっとしていられないことからやってくる」（『パンセ』）と内心、思いながらも、私は当時、全世界でドストエフスキーやサルトルよりも尊敬していた吉本隆明、埴谷雄高氏らの名を挙げ、「彼らは夜を徹して酒をのむこともありますが、世界の文学・思想史に屹立する営為をなしとげている」と反駁したら、間髪入れず、「彼らが、もし酒を呑まなかったなら、もっと良い仕事をしたでしょう」と返された。ドストエフスキーは「この一杯のコーヒーが飲めるなら、世界は滅びてもいい」と言っている。今回の句集は、貧に窮した精神的肉体的に鬱屈したどん底状態で出す。石田波郷は「自分が俳句の弔鐘を撞く」と宣言した。私も十六歳で俳句を始めたとき、少年期特有の夢想癖もあって、「現代俳句の最後の墓標を樹てよう」と誓い、今でも「俳句を滅ぼしつつ、俳句を興す」との信条を失ってはいない。復活するのに、いま少し猶予を下されたく……。解説を執筆された武良竜彦氏は一年前知りあったばかり。私の貧しい歩みを追尋しているので、私自身も過去を振り返ることになった。高橋忠義、渡辺久雄氏、装画の加納光於氏、装丁の髙林昭太氏、東京四季出版の松尾正光会長、西井洋子社長、編集の一切を進めてくれた北野太一氏、心から感謝したい。たとえ一億人の中のたった八人であっても、考えるにあたいすることではないでしょうか。

齋藤愼爾

二〇一六年八月二十五日　生誕七十七年忌に

◉解説

葬送の螢袋

武良竜彦

この句集『陸沈』収録の俳句が詠まれた時期は、東日本大震災が起こった年、二〇一一年を含む。二〇一一年、総合俳句誌「俳句」は早くも五月号で百四十名の俳人による「励ましの一句」を掲載し、「俳句界」も五月号で七十名の俳人が三句ずつ「大震災を詠む」に作品を寄せた。「俳壇」は六月号で十六名の俳人の俳句五句とエッセイを掲載した。

「俳句」の「励ましの一句」の表現内容を整理分類すると顕著な傾向が読み取れる。

被災しても立ち上がる人間の生命力と自然の復活力を詠んだ俳句、四十七句。被災者への祈り・絆を詠んだ俳句、三十九句。被災者への励ましを詠んだ俳句、二十句。俳句独特の客観写生で震災被害を詠んだ俳句、十句。喪われた命、遺された命、自分の今ある命を詠んだ俳句、七句。死者、被災犠牲への悲しみ、悼みを詠んだ俳句、六句。自然災害の恐怖や人間の無力非力感、怒り、疑問を詠んだ俳句、六句。震災の対極にあるかけがえのない日常と風物を詠んだ俳句、四句。象徴的、暗示的表現で原発事故の表現に挑んだ俳句、一句。

大半の震災詠はこのように、一時的な熱狂に振り回された直情的な表現になっていた。

齋藤愼爾氏は俳句総合誌のこれらの企画に応じていないが、この句集『陸沈』には原発事故という現実から立ち上げたと思われる、次のような俳句が収められている。


身に入みて塔婆と原子炉指呼の間　「出蝶記」

白梅をセシウムの魔が擦過せり　「海の柩」


一読して解る通り、当時俳句界に溢れた「震災詠」とは表現の位相が違う。何が違うのか。

多くの「震災詠」は、自立した自己表現のはずの俳句が、表現主体の座を架空の「善意ある集団的意志」のようなものに明け渡していた。それに対して、齋藤氏は独自の文学的主題の中で俳句を詠む姿勢を貫いている。表現主体の座を自己以外のなにものにも明け渡さない、という文学者としての矜持がここにある。他にも次のような俳句がある。

末黒野に天降《あも》りし瓦礫涅槃像　「名残りの世」
山川草木悉皆瓦礫佛の座　「出蝶記」
白芒瓦礫にまたも戻る吾れ　「飛島——孤島夢」

東日本大震災禍と原発事故禍で、多数派の俳人たちは初体験のごとくその破壊と荒廃を目の当たりにして狼狽し、自己の表現主体を「善意ある集団的意志」に明け渡し、「励ましの一句」などという流通言語のしもべと化していた。

齋藤愼爾氏は、一貫して戦後日本人の風土喪失的精神の空洞を逆説的な「望郷」という独自の文学的主題を立ち上げて詠み続けてきた。そんな齋藤氏にとって、東日本大震災禍と原発事故禍の光景は、既視感に満ちたものに感じられたに違いない。だから震災禍も原発事故禍も、その文学的主題の中で詠むことができたのだ。

その一点においてもこの句集『陸沈』の独創性は際立っている。

この新句集のタイトルは「陸沈」。小林秀雄が引いた孔子の言葉が巻頭に置かれている。「世間に迎合するのも水に自然と沈むやうなものでもっと易しいが、一番困難で、一番積極的な生き方は、世間の真中に、つまり水無きところに沈む事だ」

まさに氏の表現姿勢を象徴するような言葉だ。

社会から目を背けた自己完結的俳句表現に幽閉せず、常に社会の中で生きて呼吸している自分自身の場所から言葉を立ち上げる。世に溢れる流通言語という「指示表出」とは袂を別ち、「自己表現」に徹する姿勢である。

また句集『陸沈』はそんな従来の表現姿勢を継承しつつ、超時空的、超宗教的視座から今を撃つ新展開を見せている。以下、各章題と数句を抜き出して鑑賞してみよう。

「**名残りの世**」——きてみればわが故郷は荒れにけり庭のまがきも落葉のみして（良寛）

故郷への旅、つまり原点への旅の開始が告げられている。齋藤愼爾氏は既存の俳句界的抒情とは全く違う俳句表現の重い扉をこじ開けて、その未来（つまりその成果がこの今という現実だが）を拓いてきた。

敗荷を見てをり戦後さながらに
末黒野に天降りし瓦礫涅槃像
末の世のかなしき生絹《すずし》裁ちて母
血をうすく眠るや吾れの涅槃変
仰向けに雛と流るる虚空かな
放下して螢袋の中にゐる
化粧して螢袋で死に支度
斧始めどの人柱から始めよう
鳥引きてわが身を杭と思ひけり

精神の荒廃を防ごうと「螢袋」の中に幽閉されているかのように、戦後と震災後の荒涼とした光景と精神的風景が詠まれている。

「**失蝶記**」——汝がひさしく深淵を見入るとき、深淵もまた汝を見入るのである。（ニーチェ）

齋藤愼爾氏もまたこの国の底知れぬ「深淵」を覗き見るが、心に空洞を抱えた戦後日本人にはそれが見えていないのだ。

萍の生えそめ魔界入り難し
露けしや睡りと祈りを死に喩へ
身に入みて塔婆と原子炉指呼の間
山川草木悉皆瓦礫佛の座
蝶消えて一隅昏き夢の界
白妙の産衣は朧への橋懸り
霞むにはなぜか魂が暗すぎる
冬雲雀ひとり聴くさへ心の喪
枯山から葬の手順を指図せり

「塔婆と原子炉」が等距離に指し示され、精神の「葬の手順」が「指図」されている。

「苦艾」——燃ゆる大いなる星、天より隕ちきたり、（中略）この星の名を苦艾といふ。（ロシア語ではチェルノブイリ〈chernobyl〉、「ヨハネの黙示録」）

苦艾——にがよもぎ。薬草にも用いられ、毒性を持ち、また過酷な原発事故を起こした地名にも通じる「黙示録」的物語を背負う植物。その名を冠したこの章は破滅の予言的イメージに満ちている。

狐火の失せたる無明長夜かな
木菟死して西空に星無尽蔵
旅に病み螢袋に寝まるなり
天心に木片の泛く雁供養
未生以前の父への供物苦艾《にがよもぎ》
来世には新約となれ座禅草

「飛島——孤島夢」——人は島 ile のなかで、「孤立 isole」する（それが島の語源 isola ではないか）。一つの島は、いわばひとりの「孤独」人間。島々は、いわば「孤独の」人々である（グルニエ『孤島』井上究一郎訳）

この終わり損ねた「終わり」、黙示録的世界を潜って、齋藤氏は長年幻視してきた魂の原点、現実の「飛島」に足を踏み入れる。

遠つ世の卯波に杭の身青々と
孤島夢や螢袋で今も待つ
海霞吸ひつつ他界をくぐり来し
蟬の穴千年ののち墓一基
再びは逢へぬ鳰の目の荒らき
白芒瓦礫にまたも戻る吾れ
蜃気楼海図のいづこを流謫せむ
たましひの繭となるまで断崖《きりぎし》に

こうして、魂の放浪遍歴は一巡して現実世界に立ち帰る。「瓦礫にまたも戻る吾れ」のごとく、齋藤氏の精神世界には昔もあり、今もあり続ける既視感のある光景。それすらも日本の戦後は失い、現実の世界を瓦礫より無惨な廃墟にしようとしている。

「**海の柩**」

この章からは現実世界の今でもある、既視感のある「未来」世界が懐古的既視感で予言的に豊かに表現されてゆく。冒頭でも述べたように、原発事故禍でさえ過去であり今であり未来でもあるかのように詠まれている。

まつろはぬこころを杭に冬構へ
白木蓮海の底ひにあるおもひ
わくら葉の紅みな身に籠る晩年ぞ
白梅をセシウムの魔が擦過せり
あらたまの鏡の芯に母の影
暗く疾し昔見えくる雁渡し

確実に滅びへと脚を迅める空虚な戦後日本精神に、警鐘を鳴らす半鐘の響きのように、現実側の流通言語自身を用いた弔いのような句が、読者に突き付けられている。東日本大震災で多くの命が海に攫われ行方不明のままだ。この日本の現実自身がすでに「海の柩」の中であるかのように。

「偈」

偈《げ》とは、仏語で梵語の gāthā を音写した言葉であり、経典中で詩句の形式をとり、教理や仏・菩薩をほめたたえた言葉だという。偈陀《げだ》・伽陀《かだ》とも音写され、句・頌《じゅ》・諷頌《ふじゅ》などと訳されている。四字、五字または七字をもって一句とし、四句から成る形式を持っている。

この章から後の俳句がこれまでの句集にはなかった汎宗教的主題による新展開だ。日本的精神風土の葬送の調べが、汎宗教的な宇宙時間の中に置き直されている。

まぼろしの国を流転し水車
美しき偈《げ》を聞かせてや手毬唄
死螢の喪は螢袋にて服す
鳰潜ぐたましひ覗き込むやうに
白芒天の鳴弦かすかにも
一遍のこころに拾ふ落し文
歎異抄混沌として明け易き
蕊一つひとつに涙痕曼珠沙華
下萌や一塵として山揺らぐ
真向へる身ぬちの虚空に蝶一つ
乱丁のある過去暗き蟬の穴
紅梅に入りゆき人の世彼岸とす
晩年や身ぬちに螢火また鬼火
腥《なまぐさ》き魂一個春の山
道をしへ幾たび飢ゑなば旅果てむ

空海の日の暈《かさ》良寛の月の暈

「深轍」

深轍を「しんてつ」と詠むと、陶潛（陶淵明）の有名な漢詩「讀山海經（山海経を読む）」の第二連が想起される。

既耕亦已種　既に耕して亦已《またすで》に種《う》え
時還讀我書　時に還《ま》た我が書を読む
窮巷隔深轍　窮巷《きゅうこう》深轍《しんてつ》より隔たり
頗回故人車　頗《すこぶ》る故人の車を回《めぐ》らす

「畑を耕し、野菜を植え、時には愛蔵の書『山海経』を読む。我が住まいする狭い露地裏は、重いわだちとは無縁の静かさで、ときおり友人の車が訪ね来るばかり」というような意味の詩だ。この詩は、役人生活に希望を失った陶潛（陶淵明）が、役人を辞し隠居生活入り、晴耕雨読の生活の喜びを詠ったとされている。だれもが夢想する静かな老境の姿だろう。

齋藤愼爾氏はそんな陶潛の優雅な心境とは反対に、いまだに心を占拠して止まぬ深轍（この場合は「ふかわだち」と読むべきだろう）の名を、この章の章題としたのだろう。

暁の夢に入り来し深轍

海の底ひ雛壇傾ぐ紅く青く
蚊帳のなか転生の螢汝か吾れか
世に関わり目を濁らせる秋の暮
骨洗ふ音する未明の浅茅原
人柱に似たる箒木は抱きとめん
花野燦燦行く佛界入り易く
芒野陰陰出づ魔界入り難く
日に夜に苦海を流謫白絣
末の世のかなしき冬の比叡呼ぶ
露無辺ひとに遠流に似た訣れ

老いを見つめ、日本の詩歌文芸が直面する精神的危機を見つめ、その苦悩がまさに深轍のごとく、この章に刻まれているかのようである。

「中世」

この「中世」は時代区分の「ちゅうせい」ではなく、過去と未来をその中間で同時に見つめる「今」、過去世と来世を見渡す「今」、天と地を一望する此処、それを包含した「中《なか》つ世《よ》」という意味だろう。東西の宗教観も包み込んだ視座で「今」を詠む新たな視座が提示されている。これは今までの齋藤愼爾氏の句集には見られなかった新境地・新展開の俳句である。

混沌の滴りとして身の幽か
世に隠れをれば白露大いなる
中世の星の朧に棺一基
空病みて空蟬の念力弛《ゆる》みしよ
隠れ生く天降りし病葉たぐり寄せ
涅槃空泛かびてをりぬ飯茶碗
天地のあはひにおはす生身魂
箒草宿世けむりのごとく消ゆ
霞吸ひヨブの受難を黙示とす
雲裏に病める日輪死人花

「記憶のエチカ」——恐ろしいことを考え続けることが必要なのだ。（ハンナ・アーレント）

『エチカ』はユダヤ教を破門されて、スコラ哲学と近代哲学を研究した哲学者スピノザの倫理学の研究書で、形而上学、心理学、認識論、感情論、倫理学が配列されている。ユークリッドの『原論』の研究方法から影響を受けて、全ての部の冒頭にいくつかの定義と公理が示され、後に定理（命題）とその証明とその帰結が体系的に展開されている。

それを踏まえた「記憶のエチカ」ということなら、形而上学的・心理学的・認識論的・感情論的「記憶の倫理学」ということになる。だがそれは作者独特のアイロニーに違いない。自己の精神の軸となるものを失い、昭和、平成と社会全体の価値観が多様化し混沌とした日本に、いまさら「倫理」を説くなどという野暮なことを、この俳人がするわけがない。齋藤愼爾氏はこの句集の最終章の「記憶のエチカ」ということばに、どんな思いを込め、何を詠んでいるのか。

それは読者一人ひとりの鑑賞と解釈に委ねられるべきものだが、これだけは言えるだろう。氏は、ここで血縁を含めて自分の現在を貫く記憶と、その集成の只中にいる自分の現在地を静かに問うているのだ。今までにはなかった諧謔調で。

夢のごと青淵くぐり雛舟
春障子父母光陰のごと存す
敗戦日少年にいまも蕨闌け
病める世に生絹のごとき自裁あり
明易し幽世《かくりよ》の母の夢を継ぎ
同行のひとりは花野の洞《うろ》の中
面影一つ生まれ一つ消《け》ぬ雁の声

梟に未生以前の山河見ゆ
我が廃句「危・毀・飢・棄・忌・綺・戯」死人花

最後は氏には珍しい笑いを誘う自嘲の句で閉じられている。そう思って読み返すとこの最終章全体に、静かな構えの笑いの響きが感じられる。

俳句の「文学的主題」詠の確立と、独自の視座に基づく批評性を持つ俳句を詠む俳人は稀有である。俳句が文学である必要を感じない俳人が多い中で、数少ない文学派の俳人として、齋藤愼爾氏はこの句集『陸沈』で更に新たな展開を見せ始めているようだ。

氏は一貫して、戦後日本人の風土喪失的精神の空洞を、逆説的な「望郷」という独自の文学的主題を立ち上げて詠み続けてきた。そのこと自身に現代日本を撃つ強烈な批評性が宿っていた。その文学的役目が終わりを迎えようとしていることを自覚し、齋藤氏は静かにその手法の衣を脱ごうとしているように見える。

そしてこれからの自らの行く手を予見するかのように、この句集『陸沈』のラスト二章に、超時空、超宗教的視座から「今」を撃つ「中世」「記憶のエチカ」の章を置いたのに違いない。

（むら・たつひこ　小熊座俳句会同人）

齋藤愼爾　さいとう・しんじ

一九三九年生まれ。俳人・出版社「深夜叢書社」主宰。酒田東高校時代より秋元不死男に師事し「氷海」に投句。一九五八年、山形大学入学。翌年、第八回氷海賞を受賞し「学生俳人登場」と話題になる。一九六三年、深夜叢書社を設立。文芸評論・詩・短歌・俳句などの出版活動に傾注し句作から一時遠ざかる。一九七九年に第一句集『夏への扉』上梓のころから二十年ぶりに句作を再開。一九八三年、寺山修司らと俳誌「雷帝」を創刊（寺山の死により発行一号で休刊）。句集に、『夏への扉』（一九七九年・蒼土舎）、『秋庭歌』（一九八九年・三一書房）、『冬の智慧』（一九九二年・東京四季出版）、『春の羇旅』（一九九八年・思潮社）、『齋藤愼爾全句集』（二〇〇〇年・河出書房新社）、『齋藤愼爾句集』（二〇〇二年・芸林書房文庫）、『永遠と一日』（二〇一一年・思潮社）。

句集以外の著書に、『寂聴伝―良夜玲瓏』（二〇〇八年・白水社）、『ひばり伝―蒼穹流謫』（二〇〇九年・講談社、芸術選奨文部科学大臣賞受賞）、『周五郎伝―虚空巡礼』（二〇一三年・白水社、樋口一葉記念やまなし文学賞受賞）など多数。

共著に『季語秀句用字用例辞典』『生と死の歳時記』ほか。編集に『現代短歌大系』（三一書房、全十二巻）、『現代俳句の世界』（朝日文庫、全十六巻）、ビデオ『映像による現代俳句の世界』（ビクター音楽産業、全二十巻）、『二十世紀名句手帖』（河出書房新社、全八巻）ほか多数。

現在、山形新聞の「俳壇」欄、「てんとう虫」の「俳句倶楽部」欄の選者をはじめ、芝不器男俳句新人賞、俳句四季大賞、蛇笏賞の選考委員。

陸沈《りくちん》

二〇一六年九月十五日　初版発行

著　者　齋藤愼爾

発行者　西井洋子

発行所　株式会社東京四季出版
郵便番号一八九―〇〇一三
東京都東村山市栄町二―二二―二八
電話　〇四二―三九九―二一八〇
shikibook@tokyoshiki.co.jp
http://www.tokyoshiki.co.jp/

印刷・製本　株式会社シナノ

ISBN978-4-8129-0892-1 C0092

〈喪郷〉の眼差し

武良竜彦

Mura Tatsuhiko

1　文学的主題確立の軌跡

齋藤愼爾は一九五五年、高校に入学した十六歳のとき、教師だった秋澤猛より俳句を習い、秋元不死男の俳誌「氷海」に投句し始めている。二十歳のとき第八回氷海賞を受賞した。以下に引用する俳句は後年、『夏への扉』という処女句集に収められることになる初期の作品群である（括弧内が詠まれたときの年齢）。句集では逆年順に編集されているが、ここでは年齢順に辿ってみよう。

北斗星枯野に今日のバス終る
明らかに凧の糸のみ暮れ残る
月白き海より青きもの釣らる
「珠儒の時代」（十六歳）

習い始めたときから俳句の骨法に精通した、よく目の視える驚くべき十六歳だ。

火を焚きて漆黒の天驚かす
水母群るる海より重き月上がる
浜寒し焚火激しく海女を待ち
蝶死せり己が翅紋を証として
「燔祭の明日」（十七歳）

文学的表現への意思を獲得し、人の命と場を取り込み始めた十七歳。章題の「燔祭」とは、古代ユダヤ教における最も古くかつ重要とされた儀式で、生贄の動物を祭壇上で焼き神に捧げた祭。己の精神でもある言葉は神への捧げものだという、早熟すぎる自意識がここにある。

漁夫の葬寒き沖向く一戸より
灼け岩で蜥蜴息づく敗戦忌
漁夫の婚ひと日雷鳴る裏日本
青桐に大正の蟬生き急ぐ

「夏への扉」（十八歳）

十八歳にして、時間と空間を孕む造型俳句的で、テーマ性俳句的な境地に達している。「漁夫の葬と婚」を包み込む「裏日本」という空間軸、「敗戦忌」という時間軸の中、「灼け岩で」息づく過酷な生の現実を、伝統詩歌的な甘い叙情を排して見つめている。

この「夏への扉」の章題は句集全体の題でもある。「にもかかわらずぼくの胸には冬が住まって、ぼくはひたすら夏への扉を探し求めていたのである。……」という青春ＳＦ小説『夏への扉』の言葉が、この章の扉に置かれているように、ハインラインのこの小説に因んでつけられている。それはこんな物語である。

主人公「ぼく」が飼っている猫のピートは、冬になると「夏への扉」を探しはじめる。家にたくさんある扉のどれかが夏に通じていると信じているからだ。（こんな象徴的でロマンチックな表現が読者を今も虜にしているのだ）「ぼく」もまた、ピートと同じように「夏への扉」を探していた。最愛の恋人と親友に裏切られ、仕事を失い、大切な発明さえも奪われてしまった「ぼく」の心は、真冬の空のように凍てついている。過去と未来を行き来して「ぼく」が見たものは……。

このようなストーリーで、未来は過去よりよいものになるというメッセージ性を感じる読後感だが、屈折した青春期の多くの読者の心を摑んだのは、その主題に対してではなく、「ぼく」のように真冬の空のように凍てついている心的状況ではなかっただろうか。

秋祭生き種子死に種子選りて父
不和の父子の耳に高潮秋祭
底みせぬ海に咳き込み何か失す
寒き種子分ち農兄弟田に別る
籾降らし降らし晩年泣かぬ父

「恋の都」（十九歳）

孤島の故郷を出て初めて生じる視座がある。故郷での暮らしと習熟した俳句表現の間に、創作の喜びだけがあった時代を卒業した途端、青年は「何か失す」体験をする。それが境涯俳句を突き破る、独自の文学的主題の形成へと向かう過酷な道だった。

狂院へぎらりと種子のごとき蟻
死語の世に生きをれば緑の繭匂ふ

流燈に集ふ魚・時・間引かれし胎児
病む母に見せし誘蛾燈の青地獄
播かぬ種子光る夕べの老婆の死
鵙は天に柩は地下へわが領土
地の涯に囮かけ亡びゆくは誰

「日々の死」(二十歳)

造型的俳句手法と、テーマ性俳句が深化して、二十歳にして独自の文学的主題の確立に至っている。時代は一九六〇年。二十一歳のとき安保闘争に遭遇し、しばしば上京してはデモの列に加わるようになり、齋藤愼爾は突然、俳句を止めてしまう。

その若き日の句業の全貌を私たちが目にするには、一九七九年、齋藤愼爾が四十歳になった年に刊行された、第一句集『夏への扉』まで待たなければならなかった。

俳句を中断した齋藤愼爾は、出版社を起こして世界を「編集」する仕事を始めた。

そして一九八〇年代後半に俳句界に復帰し、一九八九年(五十歳)に『秋庭歌』、一九九二年(五十三歳)に『冬の智慧』、一九九八年(五十九歳)に『春の羇旅』と句集を出し続けることになる。句集名に冠した季節名が、夏から春へ一巡して、最後の句集名に「羇旅」とあるように、和歌・俳句の部立の一つである「旅情」を詠んだものとしての長い旅が終了した直後の、二〇〇〇年に『齋藤愼爾全句集』が出版され、齋藤愼爾の句業の全貌が姿を顕した。

そして、その後の十年の成果を纏めた句集『永遠と一日』が、二〇一一年に思潮社から上梓される。

死螢とぶつかり行くや螢狩
洗ひ髪水さかしまに炎《ほむら》なす
日と月と雁しんがりに幼な吾
夜濯ぎをいまに白鳥座のなかの母
雁のゐぬ空には陰《ほと》のごとき山
戸籍燃す火種を狐火より貰ひ
ひそひそと山嚙みあへる紅葉かな
父母を弑す冬の芒に逢ふために
前の世の道に零てる籾一つ
露の身に日は一輪のままに落ち
雛も吾も緋の糸曳きて遠き世へ
餅一個彼岸の草より冷ゆるなり
雛流し雛より遥かなもの思ふ
父死後の寒夕焼を栖とせり

表層的な流通言語、時事的な用語を徹底的に排除し、魂の原風景ともいうべき螢、雁、蛇、狐火、芒、籾、雛など厳選された語群だけを用い、命を原初的な荒野の直中に置く俳句が展開されている。象徴性を高めた禁欲的な表現方法によって、独自の文学的主題が重層的に豊穣に表現されている。

大衆的広がりを獲得した生活文芸的俳句が手放した、文学的主題詠の可能性を追究する、俳句文学派の第一人者としての齋藤愼爾の俳句世界がここにある。

2 「断念の美学」——齋藤愼爾俳句の時代精神

齋藤愼爾は「孤島の寺山修司」というふうに、寺山修司と並び称されることが多い。

寺山は一九三五（昭和十）年青森県弘前市生まれで後に青森市に移住、齋藤愼爾は一九三九（昭和十四）年朝鮮京城府（現・韓国ソウル市）生まれで一九四六年に山形県の孤島、飛島に移住というように、年齢が四歳違いの同世代で、少年期に過ごしたのが東北であることにもよるが、二人の文学的主題となる原点が共に「望郷」でもあるからだ。

だが二人が共有した時代精神と、その「望郷」の思想性の共通点よりも、その差異を見極めることで、寺山にはない齋藤愼爾俳句の精神的背景が鮮明になる。

齋藤愼爾は山形県酒田市の高校に入るまで、日本海の孤島、飛島で過ごしている。

断崖に島極まりて雪霏々と

冬には本土との船便が何日も欠航が続くような、中央文化の恩恵から遠く閉ざされた辺境であり、月遅れの「少年倶楽部」や駐在所と郵便局にあった無線ラジオ、年一回やってくる巡回映画が、文化らしきものとの唯一の接点であった。齋藤愼爾が暮したのはこのような海が隔てる孤島である。句集『夏への扉』で齋藤愼爾はこう述べている。

日本海の孤島での少年時代、私はしばしば奇妙な仕種にとりつかれていた。それは水平線と空との区別も判然としない暗鬱な海に向って、視線を灯台の回灯のように左から右へ半回転させるというものである。たあいない児戯といえばそれまでだが、海の彼方には〈日本〉が存在し、私は列島の北から南まで一望のうちに内視しえたと得心しては悦に入っていたのだった。孤島はほんのちょっとした視線の移動で〈日本の総体のヴィジョン〉を把握できうるアルキメデスの支点の位置にあった。あのとき、私は刺客のように押し寄せる冬波に孤りふるえながらも何ものかに敢然と対峙しているといった不敵な情念をたぎらせていたように思う。いや、単に存在それ自体が苦しく発酵し空しく出口を求めていただけかもしれない。

このような内省的な直向きさは寺山にはない。上京後の寺山が俳句から短歌へ、更に演劇へと積極的、外向的に展開して行ったのに対して、齋藤愼爾は俳句を中断した時期に俳句世界を外から見つめて、その広い視座の加わった内省的な精神で、自己の俳句世界を深めていった。

齋藤愼爾俳句は、辺境という風土の中の現実体験から立ち上げられている。中学を卒えるまで、イカ漁、サザエ採りなど一家の働き手として沖に出るという体験をしている。その中で舟酔いでもしようものなら、すぐ、父の鉄拳が飛んできたという。

菜の花や父を弑せし吾の来る
旧軍港直立の父傾ぐ母

軍国主義日本の残滓の中で、反射的に直立不動の姿勢をとってしまう父、疲労のあまり真っ直ぐ立っていられない母。

鼠捕りかけきて地獄絵のごとき父
地の涯に囮かけ亡びゆくは誰

西洋型の父性の真似事をして、国土を荒廃の極地に追い込んでしまった日本の父の姿に投網を掛けるように、齋藤愼爾は二十歳のとき「日々の死」の中で冷やかに象徴的にこう詠んでいる。害虫害獣の駆除は第一次産業で暮らす一家の父の役目だ。でもそんな小さな殺戮装置を仕掛けて来ただけで、顔面蒼白になって帰って来る柔なところのある日本の父、それを息子に見られた父の含羞。齋藤愼爾が父母を含む望郷俳句を詠むとき、単にノスタルジックな想いで詠んでいるのではないことは、このような初期の俳句にも表れている。

敗北し荒廃した日本という風土を、大きな文明批評的視座で、反時代的な俳句という伝統的な韻律の枷の中で詠み続けることに、齋藤愼爾の文学的主題表現の方法論がある。

寺山は病に倒れ死を目前にして、最後の表現の場を再び俳句に求めた。同人誌「雷帝」（同人＝寺山修司・齋藤愼爾・三橋敏雄・松村禎三・倉橋由美子・宗田安正）の創刊を企画する。だが寺山が急逝、同人たちは寺山の死後十年を期して「雷帝」創刊終刊号を出す。齋藤愼爾はこの「雷帝」に寄せた作品をきっかけに俳句を再開することになった。

この二人の精神史の交叉は、表現論的にも興味深いものがある。寺山は俳句から短歌へ、演劇や映画にと多くのジャンルへ活動を広げていった。それぞれに充実した活動だったのだろうが、どこか拡散してしまう危うさを孕んでいる。一方、俳句に拘り続けて、内面的言葉自身の肉体性、リアリティの獲得として、自己の文学的主題を風土性の中に樹立した齋藤愼爾は、その内視的な表現方法故に、表現を拡散させずに深化させたと言えるだろう。NHK出版「俳句」の一九九三年四・五・十・十一月号に掲載された「寺山修司歳時記」というエッセイで、齋藤愼爾は寺山の表現方法を語ることで、自分自身の俳句観を述べている。

いったい風土というものは作家の精神や感情にいかなる影をおとすものなのか。作家は自分を生み育てた風土との出会いを、いつ、どのようなかたちで果たすものなのか。（略）

彼が生涯にわたって展開したドラマツルギーというものは、虚構としての風土＝故郷を想定し、それと自分の欠落部分とを対応させて両者の緊張関係を生み出しながら、自己の偶然性を組織していくことにあったと思う。

冒頭からこう問う齋藤愼爾は、寺山の中に自分と同じ文学的主題を見て、「風土」という文学的主題がノスタルジックな望郷の思いではなく、「風土への違和」や「内発性の源泉」となっていることを表明している。その中で抽かれている寺山の次のことばはとても印象的だ。

「中学から高校へかけて、私の自己形成にもっとも大きい比重を占めていたのは俳句であった。この亡びゆく詩形式に、私はひどく魅かれていた。俳句そのものにも、反近代的で悪霊的な魅力はあったが、それにもまして俳句結社のもつ、フリーメイスン的な雰囲気が私をとらえたのだった」（「誰か故郷を想はざる」芳賀書店）

当時の文学青年たちには、俳句は「亡びゆく詩形式」と感じられていたようだ。更に俳句結社については「フリーメイスン的な雰囲気」さえ感じ取っていたらしい。そこに自分の精神性の拠って立つ場を、逆説的に見出している青年たちの屈折した思い。この時代の若い俳人たちの息吹が伝わる。齋藤愼爾は続けてこう述べている。

「のびすぎた僕の身長がシャツのなかへかくれたがるように、若さが僕に様式という枷を必要とした。定型詩はこうして僕のなかのドアをノックしたのである。縄目なしには自由の恩恵はわかりがたいように、定型という枷が僕に言語の自由をもたらした」（『空には本』的場書房刊所収の「僕のノオト」）という寺山修司の内部には、歌わずにはいられない思想や感情が常に奔騰していた。そのほとばしる情念を制禦するためにこそ枷を必要としたのである。惰性で十七文字を量産している俳人は、俳句を愛しているようで、実はただ俳句形式と狎れあっているにすぎないのではないか。俳句を冒瀆し蹂躙しているのはむしろ彼らではないのか――こう考えることを代償に寺山は俳壇からは危険な異端者として黙殺されたのである。

このような二人が当時の俳句界で、いかに異端的であったか解る言葉だ。有季定型の十七音律文芸に賭けた情熱は、伝統俳句派への敬愛からではなく、その「枷」だけが、この不確かさを増してゆく現代社会において、自我の芽生えたばかりの青春前期の若者には必要だった。そういう意味で、二人にとって俳句は、青春の情熱を賭けるに足る文学的表現形式だと思われていたようだ。

だが一人は俳句から離れ、一人は中断している。この時期、二人の俳句との「別れ」は一種の俳壇文化への愛想尽かし的思いがあったのだと思われる。現代詩や評論の分野で新時代を切り開く試みが盛んにされた時期でもある。二人の目に俳句が正真正銘、ただの「反近代的」代物にしか見えなくなった時期があったのだろう。

齋藤愼爾が決して短い期間とは言えないほど、俳句から離れた理由の一つは、俳壇に今も充満する、あまりにも非文学的な生活文芸的俳句観故でもあっただろうと思われる。俳句という表現形式が持つ可能性と不可能性という視点で、齋藤愼爾の最初の句集『夏への扉』に「断念の美学」と題して三橋敏雄が、次のような一文を寄稿している。

もとより俳句表現には、原表現者における全経験の集積を大きく脱落させた上でなければ、成り立たぬ趣がある。が、それに伴う種々の骨法を会得するに従い、あらかじめ個々の表現結果を見定めて、ついにあきたらずとする自己判断に到達することも自然の成り行きだろう。齋藤愼爾は、二十歳にして自己の到達した俳句表現に、如上の意味でのこの形式に拠る可能性の限界を垣間見たのかも知れぬ。

最近になって思いついたわけではないが、現時の俳句流行に乗じて、その作り方を奨めるよりも、自他の場合を通じて、いったん愚かしくもはじめた俳句ならば、そのやめ方を考えることが、むしろ緊急事ではないかと考えている。古くからの幾多の既成表現の骨法に準《ママ》って、一生間断なくありふれた俳句をつくり続けている人たちよりも、ある時期に集中的に俳句表現への自己の適性を検証してやむ、といった断念の美学を備えた作者をこそ珍重したい。私もまた、何回かの断念を女々しくもこえてきた。が、ここらで後ればせながら、彼齋藤愼爾における、いさぎよかりし俳句表現の断念を遥かに羨まずにはいられない。

これは三橋敏雄という文学派の先輩俳人としての実感であり、俳句に近視眼的惰性的に向き合っているような、現代の俳壇的傾向への批判の述懐であるとともに、一人の優秀な才能を俳壇が喪うことへの、深い愛情の籠もった哀悼の辞であり別れの餞であると言えるだろう。齋藤愼爾は三橋敏雄から俳句というものを見つめなおすよう、逆説的な宿題を与えられたのだ。

この「断念の美学」が齋藤愼爾俳句の文学的強度を保証する。かつて、一途に俳句という定型文学に情熱を賭けた青春時代のように俳句に向き合うことはもう不可能である。文学としての俳句の自立に向けての闘いを開始する覚悟が迫られる時点に、自分を追い込んだ上での再出発だったのだ。俳句が文学であるためには、このように作者自身が、その表現の可能性と不可能性に自覚的であることを条件とするからだ。

3　なぜ「望郷」なのか

齋藤愼爾の「望郷」の視座は、故郷喪失に対する単なるノスタルジーではない。句集『冬の智慧』の「あとがき」に齋藤愼爾が書いている「望郷」の核心部分を次に挙げておこう。

私の俳句の根底に、もし人が指摘するような「飛島」体験というものがあるならば、「ひばり」体験というものも確実にその後背地の一部を形成しているとおもうのである。少なくともある時期の私の精神の内面劇はひばりの歌の劇伴なくしては語れないという気がする。そして「飛島」体験がそうであるように、私の「ひばり」体験も二十年代という時間で凍結している

――

私にとって美空ひばりとは、遠去かりゆく子供の時間の謂である（社会学者ならムラや生活様式の解体後も遺されたアジア的原感情というかもしれない）。従ってひばりを記述することは、遠のきゆく仮説の追求に等しいエネルギーを要するようにおもわれる。

重要なのは括弧にいれられた「ムラや生活様式の解体後も遺されたアジア的原感情」ということばだ。齋藤愼爾にとって「飛島」という原体験から、思想的に紡ぎたした「遠のきゆく仮説の追求」が、文学的主題の「望郷」の意味である。

悩裏に浮かぶのは涙をこらえ暗い路地を彷徨する少年の姿だ。世界＝秩序に馴染めずはぐれている影の私である。凍えた空、不幸を秘す家、仲間の反目と私刑、そして慢性的飢えの日々――。昨日まで軍人精神を謳歌していた教師は黒板に「児童憲章を守ろう」と大書したが、当時の私たちにとって児童憲章など何の関係もなかった。（略）

私がわずかに持ちえた感情の緩衝地帯が（略）鉱石ラジオから聞こえてくるひばりの歌であった。「丘のホテル」など周囲にあるはずもなく（それがいかなるものかもしらず）想像の彼方のものだったが、ホテルという異国的な響きをもつ言葉に、私は日本的陰湿、暗さを宿した「家」とは別の、山のあなたの空遠くにある幸せの世界を夢想し、心を高ぶらせたのであった。「丘のホテル」はカフカの「城」同様、近づこうにも永劫に近づけぬ何かであった。（略）人々は生活の疲弊に喘ぎながら、再編されていく秩序の重圧と時代の閉塞を感取、絶望（ホテルの灯も胸のあかりも消えた）を、ひばりと共有したのである。（略）そして私はといえば、不可視の「丘のホテル」の赤い灯を暗澹たる〈戦後〉の終末の標とも、獲得すべき〈戦後〉の指標ともおもいなし、いまだに失われた路地をはぐれさすらっているにすぎない。

戦後復興という経済成長神話の中をひた走ることになる戦後の未来にも、絵空事のような嘘くささを感じて馴染めないでいる。この時代精神を背景に獲得するに至った非ノスタルジーとしての、「ムラや生活様式の解体後も遺されたアジア的原感情」という「遠のきゆく仮説の追求」が、齋藤愼爾の文学的主題である。

4　どこに立って詠まれているか

俳句の表現技法に、子規が唱えて、虚子が深めたという伝説が流布されている「写生」というものがある。これは俳句表現を豊かにした俳句界の一大発明・発見的技法と言える。だがそれは俳句が生活文芸的な言葉の芸事に留まる限りの話である。

ここではその反対の、「写生」の技法自身が、俳句が文学であろうとするとき障害になることもあるということを述べておきたい。

文学的表現が言葉でなされるとき、俳句では原則として話者は一人称であり、「写生」技法で言えば「私」は「私」の行為も含めて、他人の行為、自分の周りの景と事を「観察者」として表現する。この「写生」における「観察者的視線」の内容が、疑われることはない。つまり作者は自分の視線に含まれる価値観を絶対的なものと思いこみ易く、その「視線」に含まれてしまう人生観などを疑うことはない。そのことが俳句の表現を、限りなく非文学的にしてしまうという違和感が生じる場合があるのだ。

たとえば東日本大震災のような過酷な体験を「写生」で詠むと、傍観者的な非情性を纏ってしまう。その傍観者的視線が邪魔をして、その方法でどんなに豊穣に俳句が詠まれても、東日本大震災の本質に迫る文学にはなり難いという限界が生じる。なぜならその表現は、結果として日本的無常観などに収斂され易く、類型的で伝統的な感慨に堕してしまうからだ。

文学で東日本大震災や、原発事故を表現するには、もっと高度な虚構世界を創造して、その中を生きるような表現を創造し、まったく新しい文学的主題を確立する必要があるのだ。それには齋藤愼爾のように、俳句を自己表現の文学と捉える視座と表現方法論が不可欠である。

この章では齋藤愼爾の文学的主題と表現方法が完成の域に達している句例に添って、そのことを検証しよう。

一刷きの滝をあやつる虚空かな　『秋庭歌』

滝の落下の流れをあやつっているのは物理的な重力ではなく「虚空」であること。この句は、齋藤愼爾がどこに立って俳句を詠んでいるかということを、象徴的に表している。

私たちが日ごろ、漠然と信じている確固たる現実というものなどはない。あらゆる存在と現象を非在化させてしまう不穏な俳句表現の力がここにある。

うすうすと見える幻世立葵　『秋庭歌』

だから、視界が常に「うすうす」と揺らぎ出すような感覚に読者を導くのだ。

抽斗に螢しまひし夜の火事　『秋庭歌』

抽斗に本物の生き物をしまう者はいない。だからこれは喩としての螢である。何の喩か。その答えが下五に示される「夜の火事」である。それも潜在意識をのぞき込むような遠い記憶の中にある火事であり、その懐かしさと共振するが故の何か不安な思いの表現だ。喪失を喪失としてしっかり受け止めた者だけが感受できる、存在の不安というべきものがここに表現されている。

　空蟬や不幸に重さのありとせば　『秋庭歌』
　家中の柱が芽吹く朧かな　『秋庭歌』

　幸福は錯覚された質量感に満ちている。不幸にはそんな偽りの質量さえなく、最初から「空蟬」状態だ。それを自覚したとすれば、と読者を虚構の中だけで摑み得る精神の確かな場所へと誘う。生命を絶たれた建築物の一部となった柱から芽が出ることはない。だが「朧」であることを条件として生きることを選べば、そこにこそ「芽吹く」ものがあるのだ。

　まぼろしの断崖が見え白芒　『冬の智慧』
　雛壇の奥に前の世うしろの世　『冬の智慧』

　現世の見える世界だけが、私たちの生きる世界ではない。つねに死者の声を聴くかのように、見えないものを見つめる眼差し。

　螢火や吾がかつて在りし世を　『冬の智慧』

ではそう言う作者はどこにいるのか。死者のいるあの世に行ってしまったのか。いや、この俳人は前の世も今も後ろの世も併存する虚構の今を生きて、現実の今を問うている。

蝶の意のままに墓石は殖えるかな　『冬の智慧』
そこに見え遠き世にある団扇かな　『冬の智慧』

あらゆるものを虚構世界のように幻視する「非在」の精神性。その豊かな精神の普遍性、偏在性の中で捉え返される私たちの「現実」の貧弱さが逆照射される。

「墓石」が増える、つまり死者の数が増えるのは、生物としての人間の死に因るのではなく、精神の死が原因であり、逆に言えば、それを統べている力が幻視の「蝶」を生み出す俳句の力なのだ。喪失を喪失と受け止めた者が持ちうる確かな記憶と、現実世界における精神の枯渇死を直視する者だけが、未来の滅びの予感をその手にして、俳句という文学言語世界を創造することができるのだ。

最後に、齋藤愼爾の文学的主題が、どんな語彙で、どのような表現によってなされているか、振り返ってみよう。以下はすべて『冬の智慧』から。

鳥よりも人の多くが雲に入る
秋風のたてがみ見ゆる白芒
天に手の烟りておりぬすすきかな

影の世の見えくる芒になりきれば

ランダムにこう抜き書きしただけですぐ気が付くのは、詠まれているのが「風土」的な景色であるにも拘わらず、すべてが「見えないもの」または作者が「見出そうとしている何か」という、普通なら言葉にならないものだということだ。雲に入る人、秋風のたてがみ、天に烟る手、影の世、という不可視の世界が詠まれている。「風土」に仕掛けられた不可視の魂の手触りがある。

見えないものに目を凝らそうとする作者の情念が、選び抜かれた愼爾語群で、重層的に奏でられてゆく。観念的な世界なのに、手触りのある実体感が伝わってくるのは、その「風土語」とでも呼ぶべき、齋藤愼爾によって厳選された、だれもが「懐かしさ」を感じる語群のせいだ。伝統俳句的な「季語」より強度を持った「幻想の風土語的季語」が創造され、独自の俳句表現として成立している。

雛の間といふすさまじき真闇あり
北帰行深井の闇に水奔り
現し身は影にすぎざり冬の蝶
涅槃図に動く朧のものの影
花衣脱ぎ影の世より還る

闇、影という見えないものの中に潜む、歴史的艱難の記憶。非在のものから絶えず滲み出して私たちの日常を揺さぶりやまぬ気配。それが齋藤愼爾流の「風土」である。

あめつちのひかりは甘し牡丹の芽
海山のひかり遍し潮干狩
月光のこゑ一塊を曼珠沙華
螢火に月光という鉄格子

光自体は見えないが、光は照らすという視線的行為によって、ものごとを顕在化させる作用そのものだ。その力が浮かび上がらせているのは、不変の大地ではなく揺らぎの中に明滅する風土という幻想そのものである。山川草木、みな喪失の記憶と未来の滅びの予感に震えるばかりである。

かりがねに山河を接ぐ夢の中
潮干狩山川何を失ひし
海よりも山から薄暮潮干狩
はらからのこゑうすみどり芽吹山
指に似しかの枯枝が悪霊呼ぶ

『冬の智慧』の山・川・海・空・谷は太古の原風景的記憶と、未来の滅亡の予感の間に置かれているかのようだ。ここに齋藤愼爾の俳句の眼差し・立ち位置の独自性がある。伝統俳句も現代俳句も、作者は現在という現実を眺めている位置にいる。齋藤愼爾は常に、過去現在未来を同時に幻視する虚構空間を創出し、その中を「生きて」いる。

秋冷の柱となりて光りけり
柱より誰か消えたり十三夜
たましいのやや腐蝕せる蕗の薹
歳月の継ぎ目は白し去年今年

柱という「家」的現実性の象徴的具象から消えた「誰か」とは誰か。現実性を失って亡霊のように漂う戦後日本人そのものであり、それを自分のこととして生きる齋藤愼爾の精神そのものでもある。

「螢・蟬・蝶・雛」のキーワードを含む俳句は、故郷を喪失した現代人の、亡霊のように空虚な精神の象徴であり、それを体現する作者の孤独な魂の象徴であり、繰り返し変奏される滅びの予感に満ちている。

螢火もて螢の闇を測るかな
死水を欲せりかつての螢の身
空蟬とかりそめの刻を吾も目覚め
空蟬のこだま綴りし少年期

岬への径いま蝶と会はば危ふからむ
雛の間にいま目覚めなば盲いなむ
雛流す千年後も妹は

喪失と滅亡の間に明滅する命。それが齋藤愼爾俳句「望郷」の真髄である。それは命の根源的な本質の表現でもあり、同時に現代日本人の魂が抱える空虚性の象徴でもある。

この齋藤愼爾俳句の独創的な文学的主題を一言で言い表すとしたら「喪郷から心的創郷へ」と言えるだろう。「喪郷」とは風土性を喪失した現代日本人の中空構造的精神性のことであり、「心的創郷」とは生きる価値基準を外在的なものに依存せず、一人ひとりが自分の中だけに創造し確立すべき心的風土性のことである。

齋藤愼爾『陸沈』付録

〈喪郷〉の眼差し

発行日　二〇一六年九月十五日
著　者　武良竜彦
発行者　西井洋子
発行所　株式会社東京四季出版